여름휴가 범인을  찾아라

에스텔 비다르 글

제랄드 게를레 그림

고정아 옮김

ㅂㅑㄹㅣㅇ

탐정 놀이 하는 법

1 인형을 조립합니다. 책에서 인형과 받침대를 모두 떼어 내고,
인형을 받침대에 꽂아서 세웁니다.

2 인형들을 모두 앞에 세워 놓습니다.

3 사건을 해결하려면 왼쪽 맨 위의 설명을 읽고 말풍선에 담긴
목격자들의 증언을 봅니다.

4 그런 뒤 그림 속 단서를 찾아보세요. 눈을 크게 떠야 해요.
어떤 단서는 꽁꽁 숨어 있거든요.

5 이제 인형들을 꼼꼼히 살펴보면서 범인이 아닌 사람을 하나하나 치웁니다.
마지막에 남은 사람이 범인입니다!

6 정답은 책 마지막에 있습니다.

모두 탐정 놀이 준비됐지?

용의자들

여자 어른

짐도 다 싸고 여름휴가 준비가 끝났어요!
모두 어디로 갈까요? 바다, 산, 시골?
어디로든 이제 출발할 일만 남았어요!

남자 어른

남자아이

여자아이

여름 방학이 되었어요. 아이들은 기대감으로 가슴이 부풀었어요.
이제 멋진 모래성도 만들고, 자연 속에서 자전거도 타고,
회전목마도 실컷 탈 수 있으니까요!

휴가철이 시작되었어요. 모두 도시를 떠나려고 해요! 휴가철이면 늘 그렇듯 많은 사람이 한꺼번에 도로로 나섰어요. 차 안에서 사람들이 투덜거려요. "언제 도착해요?" "아직 멀었어요?" "오줌 마려워요!" 요금소 앞은 길이 꽉 막혀 버렸어요! 운전자들은 차분하게 차례를 기다리지만 어떤 운전자들은 짜증을 냅니다. 그때 갑자기 어떤 자동차가 한 줄 전체를 확 앞질러 가지 않겠어요?

누가 운전하는 자동차였을까요?
그림에 숨어 있는 단서와 목격자들의 증언을 통해 범인을 찾아보세요.

지독한 교통 체증을 뒤로하고 마침내 바다에 왔어요! 따뜻한 모래밭에서 잠을 자는 사람도 있고, 튜브를 끼고 파도 속에서 노는 사람도 있고, 멋진 모래성을 짓는 사람도 있어요. 그런데 이렇게 즐거운 분위기를 깨고 비명이 울려 퍼졌어요. 누가 어린 소년의 딸기 아이스크림을 빼앗아 달아난 거예요!

아이스크림 도둑은 누구일까요?
그림에 숨어 있는 단서와 목격자들의 증언을 통해 범인을 찾아보세요.

프랑스의 수도 파리로 휴가를 가는 건 어떨까요? 많은 사람들이 배를 타고 센강을 유람하고 있어요. 강에서 바라보는 파리의 풍경은 아주 멋지지요! 조종석에서 관광 가이드가 마이크에 대고 풍경을 설명합니다. 그런데 그가 잠시 자리를 비운 사이 누가 조종실에 들어와서 마이크에 대고 소리쳤어요. "파리는 환상적이에요!"

마이크를 자기 멋대로 쓴 사람이 누구일까요?
그림에 숨어 있는 단서와 목격자들의 증언을 통해서 범인을 찾아보세요.

북적거리는 기차역이에요. 수백 명의 여행객이 기차를 타려고 사방으로 오가고 있어요!
어떤 사람들은 허겁지겁 달려가지만, 현명한 사람들은 일찍 도착해서 차분히 출발 시간을
기다리고 있지요. 그런데 그중에 누가 기차를 거의 놓칠 지경인가 봐요.

**그게 누구일까요? 그걸 알아내려면 그림에 숨어 있는 단서를 찾고
목격자의 증언을 잘 읽어 보세요.**

네뉘파르 캠핑장은 인기 휴가지예요. 푸른 숲속에 있고, 수영장도 있고, 다양한 활동을 할 수 있거든요 여름마다 모든 자리가 꽉 차고, 그래서 아침마다 샤워실 앞에 줄을 서야 해요. 그런데 오늘은 더 오래 기다리게 되었어요. 누군가 3번 샤워실을 한 시간 가까이 쓰고 있어서요!

누가 이렇게 꾸물거리는 걸까요?
그림에 숨어 있는 단서와 목격자들의 증언을 통해 알아보세요.

사건 6

휴가 중에는 깜짝 즐거움도 많지요. 지도를 보니 도로에서 100미터 거리에 관광 명소가 표시되어 있어요. 그래서 몇 분을 걸어가니 눈부신 풍경이 나타납니다! 모두 감탄하며 사진을 찍는데, 이런 평화를 깨뜨리는 일이 일어났어요. 누가 산책하는 사람을 확 밀어서 가시덤불에 쓰러뜨린 거예요!

누가 사람을 민 것일까요?
그림에 숨어 있는 단서와 목격자들의 증언을 통해서 범인을 찾아보세요.

그리스 앞바다의 섬들을 다니는 유람선 프티타니크호예요! 이 배에는 꿈 같은 휴가를 안겨 주는 모든 것이 있지요. 호화로운 객실, 식당, 상점뿐 아니라 수영장도 여러 개이고, 스케이트장, 카지노도 있어요. 그런데 누가 방금 카지노에서 슬롯머신으로 동전을 왕창 땄어요! 그 사람은 남들의 시샘을 받을까 봐 돈을 챙긴 뒤 조용히 사라졌어요.

행운의 주인공은 누구일까요?
그림에 숨어 있는 단서와 목격자들의 증언을 통해서 수수께끼를 풀어 보세요!

휴가지에서 먹는 도시락은 꿀맛이지요. 사람들은 시골을 즐겁게 산책한 뒤 점심을 먹기 딱 좋은 풀밭을 발견했어요. 그래서 돗자리를 펼치고 가져온 음식을 꺼냈지요. 감자칩, 방울토마토, 샌드위치…. 군침이 도는 메뉴들이에요! 그런데 누가 배가 많이 고팠나 봐요. 모든 샌드위치에 입을 대서 웃기는 이빨 자국을 남겨 놨어요. 이빨 한 개가 빠진 것 같은 자국이에요!

이 먹보의 이름이 무엇일지 그림에 숨어 있는 단서와 목격자들의 증언을 통해 알아보세요.

파리를 떠난 비행기가 코르시카섬의 아작시오 공항에 도착했어요. 비행기에서 내린 승객들은 짐 찾는 곳으로 몰려갔지요. 몇 분 후에 짐이 나오기 시작해요. 사람들은 자기 가방이 보이면 그게 벨트를 다시 한 바퀴 돌기 전에 얼른 집어 듭니다. 그런데 누가 실수로 남의 가방을 가져갔네요.

가방을 잘못 가져간 사람이 누구일까요?
그림에 숨어 있는 단서와 목격자들의 증언을 통해서 그 사람을 찾아보세요.

어떤 아이들은 여름 방학마다 캠프를 가요. 캠프에 가면 새로운 친구를 만나고, 재미난 여러 가지 활동을 하고, 밤에는 모닥불을 피우고 놀지요. 거기다 "방 청소해!" "이빨 닦아!" "브로콜리 먹어!" "콧구멍 쑤시지 마!"하고 잔소리하는 부모님도 없고요. 얼마나 즐거운지 몰라요! 오늘은 자전거를 타는 날이에요. 그런데 쉬는 시간에 누가 캠프 선생님의 자전거를 망가뜨렸어요.

그림에 숨어 있는 단서와 목격자들의 증언을 통해서 범인을 찾아보세요.

사건 11

여름 방학 때 문화 관람을 하는 사람들도 있어요! 사람들은 미술관에 와서 데생, 그림, 조각 작품을 감상합니다. 그런데 미술관에는 규칙이 있어요. 뛰어서도 안 되고, 음식을 먹어서도 안 되고, 작품에 손을 대서도 안 되죠! 하지만 누군가 규칙을 어겼나 봐요. 유명 화가 파블로 피카보의 그림이 벽에서 떨어져서 경보가 울렸어요.

누가 그림에 손을 댔을까요?
그림에 숨어 있는 단서와 목격자들의 증언을 통해서 찾아보세요.

사건 12

놀이공원 리골로랜드예요. 여름 방학 때 많은 가족이 즐겨 찾는 곳이죠! 대관람차, 범퍼카, 물놀이장…. 다양한 시설이 있어요. 물론 아이도 어른도 즐기는 스릴 넘치는 탈것들도 있지요. 그런데 모두가 즐거운 건 아닌 것 같아요! 롤러코스터에 탄 사람 한 명이 사방으로 흔들리는 걸 참지 못하고 그만 토하고 말았어요!

누가 롤러코스터에서 탈이 난 걸까요?
그림에 숨어 있는 단서와 목격자들의 증언을 통해서 그 사람을 찾아보세요.

토한 사람은 우리 바로 앞 칸이었는데
누군지 잘 보지는 못했어. 등받이 위로
정수리만 살짝 보였거든.

사건 1

범인 : 에스테반

단서 : 그가 운전하는 자동차 지붕에 가방 세 개가 있고, 왼쪽 팔에 문신이 있다.

사건 2

범인 : 상디

단서 : 여자이고, 쪼리를 신었고, 소년에게서 훔친 딸기 아이스크림을 들고 있다.

사건 3

범인 : 레오

단서 : 소년이고, 웃고 있고, 녹색 티셔츠에 구멍이 나 있다. 조종실 문손잡이에 끼어서 찢어졌기 때문이다.

사건 4

범인 : 로랑

단서 : 큰 가방이 있고, 1분 후에 출발하는 5번 승강장의 니스행 기차를 향해 달려가고 있다.

사건 5

범인 : 스테파니

단서 : 여자 어른이고, 모자를 썼고, 줄을 서고 있지 않다. 3번 샤워실 앞에 쪼리와 안경이 있고 문 위에 'ㅅ' 자가 적힌 수건이 걸려 있다.

사건 6

범인 : 마리옹

단서 : 키가 크고, 소똥이 묻은 운동화를 신고 있고, 찍힌 사진 속에서 넘어진 산책자를 밀고 있다 (긴 금발로 알 수 있다).

사건 7

범인 : 시몽

단서 : 어른이고 (18세 미만은 카지노에 출입 금지이다) 모자를 쓰고 있다. 카지노에서 막 벗어났고, 발치에 동전 하나가 떨어져 있다. 돈을 딴 사람의 슬롯머신 앞에 떨어진 동전과 같은 종류의 동전이다.

사건 8

범인 : 알리스

단서 : 주황색 머리이고, 손목에 시계를 차고 있고, 알리스 앞의 풀밭에 샌드위치 부스러기가 있다. 그리고 알리스는 앞니 하나가 빠져 있다.

사건 9

범인 : 사라

단서 : 키가 크고, 현장에서 스티커 두 개가 붙은 커다란 녹색 가방을 갖고 있는데 그것은 사라의 것이 아니다. 사라의 원래 가방은 스티커가 없는 작은 녹색 가방이다.

사건 10

범인 : 라일라

단서 : 여자아이고, 야구 모자를 쓰고 있고, 바지에 선생님 자전거 근처에 있는 것과 같은 얼룩이 묻었다.

사건 11

범인 : 예신

단서 : 예신만큼 키가 큰 사람만이 그림에 손을 댈 수 있다. 예신은 모자를 쓰고, 줄무늬 셔츠를 입었고, 떨어진 그림 근처에 안경을 떨어뜨렸다.

사건 12

범인 : 아르튀르

단서 : 아이라서 머리가 의자 등받이 위로 별로 튀어나오지 않는다. 아픈 얼굴이고, 롤러코스터 좌석에 시계를 떨어뜨렸다.